Come fosse niente

Dello stesso autore:

Oltre la guerra
100 sussurri

Az'il Sephar Hereb

Come fosse niente

AZ'IL SEPHAR HEREB – Come fosse niente
ISBN 978-1-4457-4965-5
Prima edizione Settembre 2009

Quelli che dio vuole distruggere
prima li rende folli
(Euripide)

Un bambino nel niente

Pioggia sul viso, sabbia nei ricordi.
Shazan alza il viso al cielo, si gode il riflesso delle nubi. Lo fa pensare al niente.
Per Shazan è un pensiero concreto il niente, è il contrario dell'aver la mente vuota. Il niente riempie ogni fessura del pensiero, si espande e consuma ogni barriera, un'inondazione silenziosa su ogni razionalità che si lascia dietro solo un'immensa distesa piena.
Di niente.

Shazan sorride al cielo, più che altro si sorride.
Cosa ci fa come un bambino, sulla strada dove sta per piovere, a guardare all'aria? E' un bambino oggi? E' una ragazzina che sogna d'essere una principessa, un piccolo granello nel vento di tempesta, un niente perso nel mondo.
Si culla nella pioggia, svegliandosi e dormendo, richiamando a se pensieri di epoche distanti.

Come fosse niente.

La pioggia sul viso, la sabbia nei ricordi.
La sabbia che c'era nel deserto quando qualcun altro -non lui, di certo non Shazan- stava accucciato dietro una duna ad aspettare di far la guerra.
Le impronte consumate della sua strada nella sabbia che il vento cancellava veloce, il suo percorso come una bava di lumaca sulla vita, che pian piano l'aveva condotto inesorabile, proprio fino a lì. Sotto un cielo fatto di azzurro, gli occhi stretti contro l'aria, le sue tracce che sparivano.
Chi era, quell'individuo di cui non ricorda il nome, che accucciato dietro una duna aspettava qualcuno a cui sparare? Non Shazan, di certo non lui.
Lui, spariva con le sue impronte.
Come fosse niente.

Sorride al cielo, più che altro si sorride. Forse è felice d'esser vivo e questo basta per un sorriso.
Le nuvole cariche di pioggia riflettono il sole che muore: tanti mutevoli volti divini che s'accigliano, s'aggrondano e si distendono, elastici come il vapore che li ha creati.
Davanti a quel bagliore, Shazan si lascia uccidere e rivivere infinite volte, così.
Si lascia sparire e ricreare, annullare e riempire.
E' un bambino, una ragazzina, un granello.

E' un niente.
Il niente che gli invade la mente.

Farsi passare attraverso

Serom arriva in moto.
Il rombo del motore quasi lo assorda, lo strappa da quel vuoto pervasivo che ha sommerso ogni ricordo. Rimbomba sulle pareti delle case alte, si riflette sull'umore dell'acqua, evapora come le gocce di rugiada che presto annegheranno nella pioggia.
Shazan ne ascolta le vibrazioni entrargli dentro, percorrerlo come un'onda e attraversarlo, per lasciarlo indietro e dimenticarlo.
Come fosse niente.

E' un soldato Serom, con il fucile sulle spalle? Si certo, non lo sono tutti forse? Lo è anche Shazan allora?
Torna a rivolgere il viso in alto un'ultima volta, si vuole sentire ancora come un bambino al centro di una strada deserta, minuscolo sotto il cielo, vuole sentirsi una ragazzina, ma tutto quello che scopre ora non sono che le

prime gocce di quello che sembra essere un forte temporale.

"Muoviti, monta - Dove andiamo? - Ci aspettano, l'hai dimenticato? - Chi? Dove? - Shazan ma sei impazzito, ci aspettano al Consiglio - Noi? - Parlare con te è inutile. Monta e basta"

I sobbalzi ritmici della moto sono come un dolore pulsante alla base della schiena, una macchia rossa che si spande e si restringe ad ogni scoppio, ad ogni angolo svoltato.
Shazan si stringe a Serom, non capisce dove vanno ma qualcosa in lui ricorda del Consiglio, qualcosa che non ama richiamare. Avrebbe voglia di sedersi un café, in un posto caldo dove stare a lungo, per guardare da dietro un vetro le luci delle macchine e la folla, le moto che schizzano veloci, proprio come loro. Restare lì e osservare senza farsi vedere, farsi passare attraverso.
Come fosse niente.

I vecchi del Consiglio, quelli da cui a volte prende ordini, gli dicono chi uccidere ma mai il perché. A volte Shazan pensa che sarebbe impossibile uccidere qualcuno conoscendo le motivazioni. Un motivo si può giudicare, può esser confutato, si possono fare opposizioni. Molto meglio l'inamovibile certezza di un giudizio ineluttabile, il

manto semidivino di sentenza inarrivabile, la mano del destino. Molto meglio non poter scegliere, ogni volta si dice.

Avrebbe voglia di entrare in un café, di un posto caldo dove sedere a lungo, per guardare da dietro un vetro le luci delle macchine e la folla, le moto che schizzano veloci, proprio come loro.

Magari proprio loro.

E come ogni volta, il Consiglio è lapidario. Non ci sono preamboli, solo le ombre enormi di cui la stanza buia veste quei volti anziani, le fosse nere che scava nelle loro guance, sotto i loro occhi.

Non dicono nulla più del necessario, non scrivono mai nulla. Un nome, un luogo. Il resto viene lasciato a loro.

E loro, obbedienti, anche questa volta partono.

Senza fare domande, senza emozioni.

Come fosse niente.

Profumi di mondi sfocati

“Ti va una birra? - No, ma mi va di uscire”
Sono passati alcuni giorni, ma il sapore della pioggia è ancora nascosto nell'aria, ti sorprende a volte quando non l'aspetti, con il suo profumo d'autunno nel cuore dell'inverno.
Le pozze sulla strada tremano al passaggio della folla, nel centro in piena notte hanno dentro un mondo tutto sfocato fatto di luci e di parole al contrario.
Fermano la moto in mezzo al mondo.
"Entriamo qui - Ok"

Le ragazze sorridono, una girandola di musica e colori, di corpi seminudi riscaldati dall'ebbrezza.
Per il vino, per la notte, per l'ignoto.
Una ballerina muove le gambe come steli, un fiore il suo vestito, sboccia sul suo corpo come foglia sottilissima, appena un velo sulla perfezione della pelle, delle forme,

della grazia. Shazan la guarda, e lei sembra gradire l'attenzione.
Sul tavolo il cameriere appoggia due birre; non ricorda di averne ordinata una, ma non importa.
Ha dovuto svegliarsi, essere lucido alcuni momenti, ma ora può ritornare nel suo mondo, nelle luci sfocate, nella sua altra vita altrove.
Come fosse niente.

E Serom che gli siede di fronte è davvero un soldato? O anche lui è ritornato ad essere niente, un granello, un bambino, una ragazzina?
Un semplice contenitore per il niente che è ovunque.
"Siamo davvero stati là, Serom? - Smettila - Ci siamo davvero stati? - Sai che non dobbiamo parlare di lavoro"

Serom beve un lungo sorso di birra scura e densa, fredda da appannare il bicchiere. Sorride a una donna e probabilmente se ne andranno insieme, dopo.
Shazan si lascia portare via dalla musica e dagli stralci di conversazioni che non lo riguardano, dalle parole che il fiume di folla gli spruzza addosso come schiuma in riva al mare, un infinito mare di parole sconosciute.
Naufraga.
Si intrecciano i suoni ed è sempre più buio dietro le palpebre chiuse, sente la testa scivolargli indietro, reclinarsi

fino a fissare un punto invisibile vicino al soffitto, per poi cadergli di lato, abbandonata.
Ad occhi chiusi nel cuore del caos, è facile scordare il limite, passare sopra ai contorni che delimitano le cose per vedere il tutto nascosto dietro, l'unica grande informe materia da cui ogni cosa origina, il brodo primordiale di ogni forma e simmetria.
Come fosse niente.

"Hey, ciao"
Shazan apre gli occhi e se la trova davanti. Seduta sul tavolo, una scarpa dal tacco alto appoggiata alla sua sedia, i capelli fluenti sulle spalle nude.
Il corpo come un fiore sui lunghi steli delle gambe.
Ha smesso di ballare.

"Dormi sempre nei locali? - Solo se mi annoio - Allora facciamo due passi"

Fuori, Shazan la bacia.
Senza preamboli, senza chiedere, l'amore a pagamento non si chiede.
Quasi la spoglia nel vicolo dietro il locale, le strappa una spallina del vestito, le graffia la schiena perché la stringe troppo forte.
Lei non si lamenta.

Lavora bene e lo lascia fare, e questo gli piace. Gli piace tanto che la schiaccia a terra, sul selciato umido del vicolo, e le monta sopra fino a sentire i ciottoli affondargli nelle ginocchia, a vederli stamparsi sulla pelle della donna.
Odore di pioggia, ancora dopo tanti giorni, piacevole con il suo profumo d'autunno nel cuore dell'inverno.
Odore di sesso, così simile all'odore del sangue.
Shazan chiude gli occhi, non ascolta più, non pensa più. Tutto quello che fa è respirare, tirarsi dentro tutti gli odori del mondo, farseli vorticare nel petto, per consumarli ed espellerli, e poi ricominciare. Respira e ansima, in quello che sembra diventato un ciclo eterno di espansione e riduzione, cercare ed ottenere, pretendere e poi scoppiare in mille parti, fino a sparire, distrutto.
Come fosse niente.

Quando ricade sul fianco, esausto, vuole solo dormire. Paga i suoi minuti d'amore e si lascia andare con il capo sulla pietra, il corpo contro il muro.
Cullato dai passi di lei, che si allontanano veloci.

Rinascita nell'alba

L'alba. Candida. Ovunque.
Aprire gli occhi su un mondo di luce, onnipresente, senza forma, totale.
Bianco che sommerge ogni cosa, un sole vicinissimo che ha spodestato ogni ombra, ha inondato gli oggetti e li ha fatti straripare al di là dei loro confini, senza più contorni.
Un mondo fatto di niente.

Lentamente Shazan si alza nell'alba e rinasce da un vicolo.
Emerge dal buio e si lascia investire di sole, dall'onda bianca di luce che si stende sul mondo dormiente.
Non c'è più passato, nessun peccato originale, nessun ricordo.
Si sente leggero, Shazan.
Come fosse niente.

Leggero e pulito, pronto a lasciarsi volare, come una piuma perduta da un'ala, affidata al vento senza più alcuno scopo. Nessuna destinazione in un mondo invisibile, nessuna ricerca.

Ora che ogni confine è sparito, può essere ovunque senza andare in alcun luogo.

L'infinito ora è ovunque.

"Avanti, sali - Per andare dove? - Sali Shazan, avanti - Di nuovo? - Vuoi o non vuoi venire?"

Shazan monta sulla moto e si stringe per non cadere.
Quando loro chiamano, è necessario rispondere.

Il deserto nel vento

Una nuvola di sabbia, il profumo del sangue.
E' lo stesso del sesso, o ci somiglia molto.
Si alza il vento e fa volare il deserto, appena fuori le mura, appena discosto dalla città.
Lavorano in due Shazan e Serom, da quanto ormai non sa ricordarlo.
E' più facile in due, è più veloce.

Accucciato dietro una duna corrosa, Shazan conta i granelli che gli colpiscono il volto. Milioni come i pensieri di un istante, gli sfiorano il viso e poi volano via, per non tornare mai più.
Un sospiro e li vede arrivare, Serom e l'altro, ne vede i passi sulla sabbia come una bava di lumaca sulla vita, che pian piano li ha condotti inesorabile, proprio fino a lì.
Basterà un colpo di fucile, e i loro passi si fermeranno.
Come fosse niente.

Far mangiare un corpo dal deserto non è difficile.
Lo si avvolge nella sabbia, lo si sprofonda in una tomba cedevole di granelli come pensieri, che ti sfiorano il viso e poi volano via, per non tornare mai più.
Non lo troveranno.
Perché mai nessuno esce dalla città nel deserto, solo quelli che vi sono mandati, o quelli che ci sono chiamati. Basta il sigillo del Consiglio, ed ognuno accorre: quando loro chiamano, è necessario rispondere, per tutti. E quando arrivano alle porte della città, Serom li prende sulla sua moto e li porta dove Shazan li attende.
Quasi nessuno fa domande, tanto è il potere del Consiglio, o tanto inattivi sono ormai diventati i pensieri degli abitanti della città nel deserto.
O forse, si dice a volte Shazan, sanno benissimo dove la moto li condurrà, ma non gli importa più di sopravvivere.
Non si ribellano e si lasciano portare.
Come fosse niente.

Il ventre schiacciato alla sabbia, uno sparo come un piccolo tuono.
E' finita, la guerra, ancor prima di iniziare.

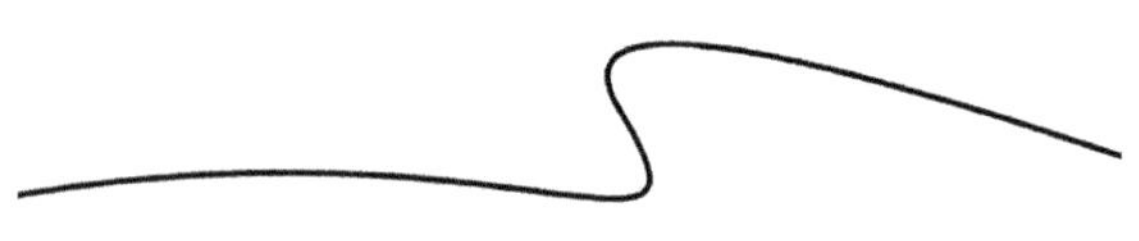

Serom sta già spogliando il cadavere, lo prepara per la buca. Insieme scaveranno la sabbia e lo adageranno a dormire, nella bocca del deserto.

Nessuna lacrima per un funerale nella sabbia.

Chi vuole piangere, piange solo tanti piccoli granelli, che ti sfiorano il viso una volta, e poi volano via.

Per non tornare mai più.

Lacrime non piante

La casa di Shazan è bella, ornata di cose belle.
Gliel'ha assegnata il Consiglio, l'ha arredata qualcun altro per lui.
L'ha abitata qualcuno, un soldato forse. Forse il proprietario del fucile smontato e ben oliato nella custodia, qualcun altro che non è lui. Qualcuno che a volte con quel fucile uccide senza saperne il motivo, per il giudizio ineluttabile della volontà divina –qualcuno che non è lui.
Come fosse niente.

Qualcuno che ha visto il deserto molte volte forse, ma non lui.
Non Shazan, che di fronte al temporale ha spalancato le vetrate e ha fatto entrare il vento freddo. Ha liberato metri di vuoto davanti e sotto di lui, attraversati solo dall'odore della pioggia e dalla promessa dell'acquazzone, per goderne il richiamo.

Ha respirato il gelo che discende direttamente dall'Olimpo per arrivare fino agli uomini, per scompigliare i suoi capelli. Non può essere Shazan, l'assassino del deserto.

A braccia spalancate sull'orlo dell'ultimo piano, le sue scarpe a qualche centimetro dal vuoto, Shazan non può essere che un bambino o una ragazzina, il sogno di una principessa sulle ali del vento freddo, l'ebbrezza dell'attesa che dalla promessa si scateni l'acquazzone.
E quando finalmente piove, dopo ore di preparazione, il temporale sul deserto è uno spettacolo innaturale.
Opera dell'uomo, una sua distorsione di ciò che è regolare, una sua violenza.
Ma non è dolce, questa violenza, se profuma d'autunno nel cuore dell'inverno? Non è insopportabile il piacere, se ti esplode nel petto e ti fa male, come una lacrima non pianta, come una nota troppo bassa per essere ascoltata?
Ci sono altri momenti in cui si vive, forse?
Ce ne sono per cui si muore, qualcosa dentro di lui lo sa - qualcosa che non è lui, certo non Shazan -con troppa facilità.
Come fosse niente.

Riverso sul pavimento, Shazan lascia lì il suo corpo e fa volare la sua anima, lontano oltre le vetrate spalancate, lontano oltre il suo appartamento scelto da altri e

silenzioso, lontano verso il mare oltre una distesa di deserto.

Lontano.

Dagli occhi gli entra il cielo plumbeo, inondato di riflessi come volti di divinità aggrondate, di epoche distanti come vecchie vite.

Gli spruzzi gli bagnano la pelle come rugiada.

Rotola pigra una lacrima non pianta, rimbomba il tuono come una nota troppo bassa per essere ascoltata.

La pioggia sul viso, la sabbia nei ricordi.

Lasciarsi scivolare, lasciarsi dimenticare.

Lasciarsi cadere.

Come fosse niente.

Fantasie sul nero

"Che fai stasera? - Niente - Allora passo da te"
Aveva portato da bere e da fumare e due belle ragazze.

"Sei sparito l'altra sera, non ti ho trovato e sono andato a casa - Hai fatto bene - Dove diavolo eri finito? - In giro"
Non serve raccontare del vicolo, non importa. Ciò che importa di quella notte è l'alba che l'ha spazzata via, ma di quella Shazan non saprebbe cosa raccontare, non ha le parole che servono a descriverla, un'esperienza che devi vivere, o non conoscere mai.
E vivere senza.
Come fosse niente.

Le ultime gocce di pioggia rotolano sulle vetrate. Piove da giorni ormai, qualcuno è venuto a pulire mentre Shazan dormiva e ha chiuso i vetri.

I loro quattro riflessi si avvicinano alle finestre e sbirciano fuori, oltre la cortina nera di pioggia e vento, sopra i tetti della città e poi più avanti, sopra al deserto.
"Qualcuno dice che ci sia il mare, oltre il deserto - Da qualche parte ci deve pur essere, il mare - Ma di là, da quella parte? - Magari si - E poi che ti importa? Non ci puoi mica andare - Perché no? - Non puoi attraversare il deserto - Potrei volare - Nessuno può più volare, lo sai. Gli aerei sono requisiti - E poi perché te ne vuoi andare? Non ti piace qui?"

L'alcol e il fumo funzionano, la serata è divertente.
Le ragazze mostrano le gambe, le scollature diventano più ampie.
Ha smesso di piovere fuori, ma nessuno se n'è accorto.
Serom è l'animatore della serata, racconta aneddoti divertenti, corteggia le ragazze, riempie i bicchieri rimasti vuoti. Shazan si chiede dove trovi l'energia, la passione di comunicare che sembra invaderlo, come possa essere così felice.
Come fosse niente.

Come possa non avere sabbia, lui, dentro i ricordi.
Ma perché dovrebbe averne? E' forse un soldato Serom?
No, non può esserlo. Non possono essere soldati loro,

sono solo due bambini. Due principesse addormentate, due gabbiani liberi di volare, di arrivare oltre il deserto.
Fino al mare.

Serom se ne va con la donna che si è scelto per la notte, Shazan accoglie la l'altra nel suo letto. Dopo, la guarda chiamare un taxi e poi sparire.
Allora va alla finestra e scopre che l'oscurità totale ha inghiottito ogni cosa: poco prima che sorga il sole, ogni insegna è stata spenta, ogni finestra protegge un sogno, ogni via è abbandonata a sé stessa qualche istante.
Tra poco farà giorno e ogni colore inonderà di nuovo il mondo, ma per ora è solo notte, è solo il nero senza stelle fa da mantello ad ogni vita, è solo buio.
Shazan fissa il mondo invisibile oltre il vetro e sorride.
Al cielo, a sé stesso.
Come fosse niente.

Senza pensarci di colpo libera la fantasia, e ne vede sgorgare gli oceani e le montagne, aquiloni e mongolfiere, aerei che volano verso ogni parte del mondo.
Su un nero così nero, dove nulla può essere visto, tutto può esistere senza vincoli. Ci si può illudere di essere in cima al mondo, o in fondo al mare. Si può pensare di avere l'infinito a pochi centimetri oltre la vetrata, oppure un muro.

Shazan poggia la punta delle dita al vetro e ne sente il freddo, lo accarezza con la delicatezza degli innamorati, a lungo.
Potrebbe accadere di tutto, potrebbe essere chiunque. Su quello sfondo vergine, potrebbe proiettare milioni di film diversi, infinite vite differenti.
Non ritornare mai più nella sua.

Ancora qualche istante e raggiunge la poltrona più vicina, che lo accoglie come un abbraccio.
E lascia le sue visioni a fluttuare in aria, in attesa che sorga il sole.

Ricordi di polvere leggera

Polvere come sabbia, leggera.
Granelli che si alzano, per non tornare mai al loro posto.
Eterei.
Sogno? Esisto? Sono davvero qui?
Un respiro, sottilissimo, e qualche ricordo vola via.
Come fosse niente.
Per non tornare mai più al suo posto.

Il suo profumo era come niente altro.
Non c'era mai il sapore della pioggia nei suoi baci, non sapeva di sangue l'amore con lei. Non aveva sabbia nei capelli.

"Che lavoro fai, Shazan? - Non posso dirlo - Hai un fucile nella valigia sotto il letto, perché? - Non dovevi guardare - Ma ho guardato. Che lavoro fai, Shazan? - Non posso dirlo"

Ma poi l'aveva detto.

Polvere come sabbia, leggera.
Granelli come pensieri che ti sfiorano il viso e non tornano mai più, parole che non lasciano impronte e volano via, lontane.
Lei l'aveva capito, ma era montata come gli altri sulla moto di Serom e l'aveva seguito nel deserto.
E c'era una striscia di impronte come la bava di una lumaca, che li aveva condotti lì, proprio loro, in quel momento.
Il ventre schiacciato a terra, uno sparo come un piccolo tuono, qualche granello in più nell'aria.
Poi più nulla.
L'aveva mangiata il deserto come tutti gli altri, l'aveva coperta e il vento aveva lavato le sue impronte.
Come fosse niente.

Nessuna lacrima per un funerale nella sabbia.
Questione di istanti.
Istanti, e tutte quelle lacrime non piante.
Che volano via per non tornare al loro posto mai più.

Polvere. Come sabbia leggera.
Vola nelle lame di luce che tagliano le tende.

E' una mattina luminosa, il giorno ha occupato la tela della notte dipingendovi la vita.
Shazan guarda oltre le vetrate, le sue fantasie non hanno più spazio la fuori.
Ora, ovunque, c'è solo la città.
E il deserto.

Strade parallele

Da ore siede in un café. Non ricorda perché sia lì.
Shazan osserva da dietro un vetro le luci delle macchine e la folla, le moto che schizzano veloci, la sera che ha inghiottito il pomeriggio.
Come fosse niente.

La tazza gli fuma davanti, un uomo al tavolo nell'angolo lo fissa da un po'.
Con gesti lenti, Shazan scosta la sedia e prende posto di fronte all'individuo. Un tipo bigio, di quelli che vivono abbastanza da invecchiare.
"Vuoi andartene, mi dicono - Lei si sbaglia - Sono certo di no - Non la conosco, ma lei si sbaglia - Se vuoi andartene, sarà meglio tu lo faccia"

Shazan lo osserva perplesso, valutando la minaccia.

Basta un piccola calunnia, per uccidere un uomo? Basta un scoppio, come un piccolo tuono.
L'uomo bigio si liscia un baffetto sottile e impomatato, del colore scialbo del suo vecchio impermeabile. Gli stanno dando una possibilità.
Potrebbe andarsene? No, nessuno può. Ma potrebbe provare.
Morire attraversando il deserto non sarebbe forse meglio di morire e basta, ucciso con un colpo di fucile?
Si lascia sfuggire un sospiro sottile, l'ombra di un sorriso gli increspa le labbra. Che differenza ci sarebbe in fondo?
Anche se restasse lo seppellirebbero nella sabbia. E il deserto lo divorerebbe.
Come fosse niente.

"Non credo che me ne andrò"
L'uomo bigio gli sorride, come se avesse già sentito molte volte una risposta simile. Poi si alza e lascia sul tavolo qualche soldo, abbastanza per pagare anche il conto di Shazan.

Come fosse niente

I volti severi del Consiglio, scavati nelle ombre come le statue degli dei.
Questa volta non li vede, può solo immaginarli.
Tutto quel che vede ora non è che la moto di Serom, che passa a prenderlo. Il suo rombo risuona sulle nubi basse, cariche di temporale.

"Sali - Dove andiamo? - Sali - Al Consiglio? - Shazan, sali. Per favore"
E allora capisce. Non fa più domande e monta sulla moto.
Lo segue nel deserto, come gli altri.
Come fosse niente.

Si srotolano dietro di loro lunghe strisce di passi neri, come due bave di lumache amiche che stanno per dividersi. Li hanno condotti lì, per Shazan si fermano lì.

Dietro la duna, il ventre a terra, qualcuno libera un colpo come un piccolo tuono, una briciola di sentenza divina – qualcuno che questa volta, davvero, non è lui.
Il suo corpo cade nella sabbia, gli occhi spalancati verso il cielo.
La luce li inonda.

Sabbia. E sulla sabbia le prime gocce della pioggia.
Shazan lascia lì il suo corpo e permette all'anima di volare via, lontana dalla bocca del deserto che consumerà i suoi resti.
Si alza veloce, più lontano fino a dimenticare i granelli sul suo viso come parole non dette, pensieri che ti sfiorano una volta e non ritornano mai più.
Fino a non sentire più l'odore del sangue sovrastare quello della pioggia.
Fino a non avere più sulle labbra il sapore del temporale.
Più in alto delle nuvole.
E tra tutto il bianco, candido, ovunque, apre gli occhi su un mondo di luce onnipresente e senza forma, totale.
Un sole vicinissimo ha spodestato ogni ombra e lo inonda, lo fa straripare al di là dei suoi confini, senza più contorni.
Dolcemente l'anima gli trabocca nel niente, e di colpo diventa tutto, con l'emozione di una nota troppo bassa per essere ascoltata.
Una lacrima non pianta.

E si sparge nel vento.

Serom lo sta già spogliando, presto lo metteranno nella buca di sabbia e nessuno lo cercherà mai.
Non esisterà, forse non è mai esistito.
Come i mondi al contrario sfocati nelle pozzanghere. Come il fiume della vita, che ti spruzza addosso qualche pensiero di schiuma in riva al mare. Come i granelli delle lacrime mai piante. Che ti sfiorano il viso una volta e poi volano via, per non tornare mai più.
Come fosse niente.

'Come fosse niente'
di Az'il Sephar Hereb

Steso tra il 21 e il 23 Settembre 2009

www.ingramcontent.com/pod-product-compliance
Ingram Content Group UK Ltd.
Pitfield, Milton Keynes, MK11 3LW, UK
UKHW020215250726
13967UKWH00001B/15

9 781445 749655